YASMIN la estrella de fútbol

escrito por
SAADIA FARUQI

ilustraciones de
HATEM ALY

PICTURE WINDOW BOOKS
a capstone imprint

A Mariam por inspirarme, y a Mubashir por ayudarme a encontrar las palabras adecuadas—S.F.

A mi hermana, Eman, y sus maravillosas niñas, Jana y Kenzi—H.A.

Publica la serie Yasmin, Picture Window Books,
una imprenta de Capstone,
1710 Roe Crest Drive
North Mankato, Minnesota 56003
www.capstonepub.com

Translated into the Spanish language by Aparicio Publishing

Los datos de CIP (Catalogación previa a la publicación, CIP) de la Biblioteca del Congreso se encuentran disponibles en el sitio web de la Biblioteca.

Resumen: Todos en la clase de gimnasia de Yasmin están emocionados por jugar fútbol, excepto Yasmin. Ella ha visto jugar a los profesionales, ¡y parece aterrador! Cuando Yasmin es elegida como arquera, ¿dará un paso adelante o renunciará?

ISBN 978-1-5158-7201-6 (hardcover)
ISBN 978-1-5158-7319-8 (paperback)
ISBN 978-1-5158-7202-3 (eBook PDF)

Editora: Kristen Mohn
Diseñadoras: Lori Bye y Kay Fraser

Elementos de diseño:
Shutterstock: Art and Fashion, rangsan paidaen

Impreso y encuadernado en China.
003322

CONTENIDO

Capítulo 1

Una nueva entrenadora

Era la hora de la clase de gimnasia. El director Nguyen tenía noticias.

—Estudiantes, tenemos una nueva profesora de gimnasia —dijo—. Por favor, denle la bienvenida a nuestra escuela ¡a la entrenadora García!

—¡Bienvenida, entrenadora García! —dijeron todos los niños a la vez.

Yasmin miró a la entrenadora. Tenía un aspecto muy importante con su silbato.

—¿A qué vamos a jugar hoy? —preguntó Ali dando saltos—. ¿A las cuatro esquinas? ¿Al corre corre?

La entrenadora García negó con la cabeza.

—¡Al fútbol! —anunció, levantando una pelota de fútbol por encima de su cabeza.

Ali aplaudió.

—¡Yupi! ¡Me encanta el fútbol!

Yasmin frunció el ceño. Había visto mucho fútbol en la tele, con Baba. Los jugadores se daban patadas y codazos y se caían todo el tiempo. Parecía peligroso.

—Yo nunca he jugado fútbol —dijo en voz baja.

La entrenadora García la oyó. —Estoy aquí para enseñarte —contestó—. Es bueno probar cosas nuevas.

Yasmin rezongó.

Capítulo 2

Excusas

La entrenadora García explicó las reglas del juego. Después, les enseñó a los estudiantes algunos movimientos.

Detuvo la pelota con el pie.

—Esto se llama atrapar —dijo.

Guio la pelota mientras corría. —Y esto es driblar.

—Ahora les toca a ustedes —dijo la entrenadora García.

Ali ya sabía jugar. Pateó la pelota con todas sus fuerzas a la red.

Yasmin se preguntó si dolería patear la pelota tan fuerte.

Emma rebotó la pelota sobre su rodilla. Eso *sí* que parecía doloroso.

Yasmin se quedó cerca de la entrenadora García. —¿Puedo ser animadora? —preguntó—. Sé gritar muy fuerte.

La entrenadora García negó con la cabeza.

—Todos tienen que jugar.

Yasmin observó a los otros niños patear, driblar y atrapar. Un niño se tropezó y se cayó.

—¿Puedo ser la encargada del agua? —preguntó—. Parece que todos tienen sed.

—No, Yasmin.

La entrenadora García tocó el silbato muy fuerte y batió las palmas.

—¿Listos para jugar un partido?

La entrenadora dividió a los niños en dos equipos.

—¿Puedo ser el árbitro? Me acuerdo de todas las reglas que usted nos enseñó —rogó Yasmin.

La entrenadora García señaló la red.

—Tú serás la arquera —dijo firmemente.

—¿Arquera? — preguntó Yasmin tragando saliva.

Recordó cómo había pateado Ali la pelota a la red. Ser arquera parecía el trabajo más peligroso de todos.

Capítulo 3

La arquera

Yasmin se metió dentro del arco. Quería esconderse.

Ali pateó la pelota. Yasmin se agachó. La pelota entró en la red. El equipo de Ali vitoreó.

—Los arqueros pueden usar las manos —le recordó la entrenadora García a Yasmin.

Muy pronto, el equipo de Ali volvió a patear la pelota a la red. Esta vez Yasmin saltó para detenerla. No lo consiguió.

—¡Gol! —gritó Ali.

—¡Buen intento, Yasmin! —dijo la entrenadora García.

Yasmin se preparó otra vez. Muy pronto, la bola del equipo de Ali rodó hacia sus pies. Yasmin se lanzó hacia ella. . . y se resbaló. ¡Pero consiguió detener la pelota!

—¡Lo conseguiste, Yasmin!
—la felicitó Emma—. ¡Paraste
la pelota!

Yasmin se levantó lentamente.

—¿Ah, sí?

La entrenadora García
le chocó los cinco.

—¡Buen trabajo, arquera!

—¡Eres la estrella del equipo,
Yasmin! —dijo Emma—. ¿Me
puedes enseñar ese movimiento
que hiciste?

—¡Eres como los profesionales
de la tele! —dijo Ali.

Yasmin sonrió y se limpió el sudor de la cara.

—Ni siquiera fue tan peligroso —contestó.

La entrenadora García

le ofreció una botella de agua.

—Yo seré la encargada

del agua —dijo.

Yasmin bebió el agua.

—Gracias, entrenadora

—dijo—. ¿Quién está listo

para jugar otra vez?

Piensa y comenta

- Yasmin está preocupada porque tiene que probar algo nuevo que le da miedo. Piensa en algún momento que intentaste algo nuevo. ¿Cómo te diste ánimos?

- Si estuvieras en el equipo de fútbol de Yasmin, ¿cómo llamarías al equipo? ¿Por qué?

- Yasmin ve el fútbol con su padre. ¿Comparten tus padres contigo algún deporte o actividad? ¿Qué actividad te gustaría hacer con tus padres si pudieras elegir cualquiera?

¡Aprende urdu con Yasmin!

La familia de Yasmin habla inglés y urdu. El urdu es un idioma de Pakistán. ¡A lo mejor ya conoces palabras en urdu!

baba—padre

hijab—pañuelo que cubre el cabello

jaan—vida; apodo cariñoso para un ser querido

kameez—túnica larga o camisa

lassi—bebida de yogur

mama—mamá

nana—abuelo materno

nani—abuela materna

salaam—hola

shukriya—gracias

Datos divertidos de Pakistán

Yasmin y su familia están orgullosos de su cultura pakistaní. ¡A Yasmin le encanta compartir datos de Pakistán!

Localización

Pakistán está en el continente de Asia, con India en un lado y Afganistán en el otro.

Población

Pakistán tiene una población de más de 200,000,000 personas. Es el sexto país más poblado del mundo.

Deportes

El deporte más popular de Pakistán es un juego de bate y pelota llamado cricket. El fútbol también es popular.

Pakistán es el tercer productor del mundo de pelotas de fútbol cosidas a mano. En la ciudad de Sialkot cada año se fabrica el 40 por ciento de todas las pelotas de fútbol del mundo.

¡Diseña tu propia camiseta de fútbol!

MATERIALES:

- papel de calco u otro papel fino
- lápiz
- marcadores o lápices de colores
- tijeras
- cinta adhesiva

PASOS:

1. Pon el papel encima de esta página y traza la parte delantera de la camiseta.

2. Usa los marcadores o los lápices de colores para crear un diseño en la camiseta que trazaste. ¿Qué colores o diseños tiene tu equipo? ¿Cómo se llama tu equipo?

3. Recorta la camiseta y pégala con cinta adhesiva en tu espejo o en un cuaderno ¡para así mostrar el espíritu de tu equipo!

Acerca de la autora

Saadia Faruqi es una escritora estadounidense y pakistaní, activista interreligiosa y entrenadora de sensibilidad cultural que ha aparecido en la revista *O Magazine*. Es la autora de la colección de cuentos cortos para adultos *Brick Walls: Tales of Hope & Courage from Pakistan* (Paredes de ladrillo: Cuentos de valentía y esperanza de Pakistán). Sus ensayos se han publicado en el *Huffington Post, Upworthy* y *NBC Asian America*. Reside en Houston, Texas, con su esposo y sus hijos.

Acerca del ilustrador

Hatem Aly es un ilustrador nacido en Egipto. Su trabajo ha aparecido en múltiples publicaciones en todo el mundo. En la actualidad vive en la bella New Brunswick, en Canadá, con su esposa, su hijo y más mascotas que personas. Cuando no está mojando galletas en una taza de té o mirando hojas de papel en blanco, suele estar ilustrando libros. Uno de los libros que ilustró fue *The Inquisitor's Tale* (El cuento del inquisidor), escrito por Adama Gidwitz, que ganó un Newbery Honor y otros premios, a pesar de los dibujos de Hatem de un dragón tirándose pedos, un gato con dos cabezas y un queso apestoso.

¡Acompaña a Yasmin en todas sus aventuras!